老鼠記者 *Geronimo Stilton*

神探福爾摩鼠⑦
奇幻漂流失蹤案

謝利連摩·史提頓
Geronimo Stilton

U0106144

新雅文化事業有限公司
www.sunya.com.hk

神探福爾摩鼠 7

奇幻漂流失蹤案
UN'OMBRA NEGLI ABISSI

作　　者：Geronimo Stilton　謝利連摩·史提頓
譯　　者：林曉容
責任編輯：胡頌茵
中文版封面設計：許鍩琳
中文版美術設計：劉蔚
出　　版：新雅文化事業有限公司
　　　　　香港英皇道499號北角工業大廈18樓
　　　　　電話：（852）2138 7998
　　　　　傳真：（852）2597 4003
　　　　　網址：http://www.sunya.com.hk
　　　　　電郵：marketing@sunya.com.hk
發　　行：香港聯合書刊物流有限公司
　　　　　香港荃灣德士古道220-248號荃灣工業中心16樓
　　　　　電話：（852）2150 2100　傳真：（852）2407 3062
　　　　　電郵：info@suplogistics.com.hk
印　　刷：中華商務彩色印刷有限公司
　　　　　香港新界大埔汀麗路36號
版　　次：二〇二三年六月初版

神探福爾摩鼠
辦案記

在一個總是寒風凜冽、霧氣繚繞的神秘城市裏，有一座奇特的房子。房子裏住着一隻熱衷探案的古怪老鼠……他就是偉大的夏洛特‧福爾摩鼠，老鼠島上最知名的天才偵探！

我老鼠記者謝利連摩‧史提頓很榮幸獲福爾摩鼠邀請擔任他的助手，協助他調查各種離奇的案件。我把辦案期間的所見所聞寫下來，就成為了你讀着的這本偵探故事。

各位熱愛偵探故事的鼠迷，快來一起走進各種奇案的犯罪現場，挑戰你的頭腦吧！

謝利連摩‧史提頓

**一場鬥智鬥力的
刑偵冒險之旅即將開始！**

二樓：

10 助手的房間：謝利連摩·史提頓就睡在這裏。

11 皮莉鼠的房間：誰都不可以進入這個女管家的房間。房間裏真的只有她嗎？她藏着什麼秘密嗎？

12 福爾摩鼠先生的房間：偉大的偵探會在這裏的牀上休息……雖然他說他從來都不睡覺！

13 洗手間：供訪客使用。

14 天台：福爾摩鼠獨自冥想的地方（如果不下雨的話！）

15 温室花園：這裏種植了稀有的仙人掌。

16 泳池：福爾摩鼠每天都會來這裏游泳。他總是讓一條水虎魚跟着自己，這樣可以令他游得更快！

底層：

1 入口

2 藏書室：裝滿各種關於神秘案件的書籍。

3 秘密樓梯：通往收藏懸案檔案的地下室。

4 神秘大廳：福爾摩鼠只有在他生日當天邀請朋友們參加「神秘競賽」時才會進來。

5 紀念品室：這裏收藏了他所破案件的紀念品。

福爾摩鼠偵探社

6 車庫：福爾摩鼠把所有辦案用的交通工具都放在這裏，包括：單車（一種非常奇特的腳踏車）、附有側車的電單車、形似熱氣球的飛行器、超高科技的汽車，以及能夠變成潛水艇的船。

一樓：

7 福爾摩鼠的工作室：福爾摩鼠會坐在這裏接待客户。這些客户是從每天在偵探社門口排隊求助的客户中挑選出來的幸運鼠。

8 練琴室：福爾摩鼠每晚會在這裏拉奏小提琴。

9 廚房：女管家皮莉鼠的專屬空間，她會在這裏準備茶點。

目錄

結案

福爾摩鼠偵探小學堂

大排長龍
的
客戶隊伍

從**怪鼠城**出發的早班火車緩緩駛進月台。

我跳下火車,凝望着怪鼠城灰濛濛的天空。

這座城市如此神秘,讓我十分着迷。就在此時,

一滴**雨水**落在我的鼻尖上。

滴答!

我詢問自己：「我出發前是否帶了 泳衣 ？」

「為何要帶泳衣？」我猜你們這些好奇的讀者定會追問，「你常說：怪鼠城必不可少的物品是雨衣和傘！」

那是因為福爾摩鼠在此行前和我通過電話，並清楚地交代我：

「史提頓，務必記得
　　帶上所有出海時所需裝備！」

我答應他：「遵命，福爾摩鼠！你想讓我登上你那艘獨特的帆船，欣賞海上風光嗎？」

「欣賞海上風光？」福爾摩鼠回答我：「那取決於你怎麼看待這次出行，史提頓！如果你樂意這麼想，也可以……」

說完，他就掛掉了電話。而我還沒來得及告訴他我 暈船 呢……咕吱吱！

親愛的鼠迷朋友們，我即將在周末展開一場非凡的海上漫遊！

我一路尋思着，抵達了離奇大街。只見福爾摩鼠離奇大街13號的偵探社前已經大排長龍，**焦急的客戶們**正排隊等待，希望自己的案子能引起老鼠島上**最天才的偵探——**

福爾摩鼠的興趣！

　　福爾摩鼠大宅的門前，客戶們一個個步入大宅，又一個個垂頭喪氣地走出來。看來沒有一宗案件能獲得大偵探的重視。

　　從大宅二樓福爾摩鼠的辦公室裏，時不時傳來雷鳴般的吼聲：

「這案子太愚蠢！」
「這案子太平淡！」
「這案子太簡單！」
看到此情此景，我識趣地走到隊尾，排在一

位衣着時髦的黑髮女鼠身後。就在此時，福爾摩鼠從陽台上探出頭來。

他一看見我，就高聲喝道：「史提頓，你排在那裏幹什麼？」

我還沒來得及開口，他就連珠炮發地對我喊：「你的腦袋裏到底在想什麼？你可是我的助手鼠……居然有閒工夫在那兒排隊，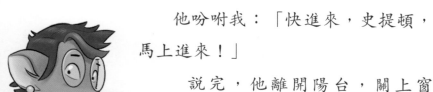簡直不可救藥！」

我嘀咕説：「對不起……只是我覺得插隊不太好！」

他吩咐我：「快進來，史提頓，馬上進來！」

説完，他離開陽台，關上窗門。

我趕忙越過等待的客戶們，三步並兩步地奔到大宅門前，管家皮莉鼠正在門口等我。

「早安，皮莉鼠小姐！今天的**開門口令**是『我們去品嘗……』」

皮莉鼠打手勢示意我：「小聲點，謝利連摩！」

我悄聲說：「……羊乳酪！」

「**口令正確！**」福爾摩鼠的女管家放我進門，請我入座。

與此同時，我看到一位訪客匆忙走下樓梯、步出大門，而下一位則滿懷希望地走上樓梯。

那個**男鼠**開始向大偵探陳述自己的案情。

我坐在底樓的沙發上，無法聽清講話的內容，只能從聲音裏感受到他焦急的情緒。

陳述完畢，福爾摩鼠簡短明確地回應說：「這位先生，你簡直是在浪費我的時間。我根本無需投入自己的刑偵才智，就能得出判斷：案件的主謀是你的公司**合夥鼠**，他一直在利用你的單純！至於失竊的錢，我十分肯定就在你剛才

13

提到的書房櫥櫃裏⋯⋯不過你可要儘快趕回去，因為盜賊也許趁着你來我這裏的時候**繼續作案！**」

我很快就看到那位先生提着帽子和雨衣，上氣不接下氣地跑下樓梯，奔出門去。

我告訴皮莉鼠小姐：「福爾摩鼠雖然趕走了這位先生，但仍幫助他破案！」

皮莉鼠**下結論**說：「謝利連摩，這案件太簡單了。若想解決疑難案件，需要**沉得更深！**」

我專心地在一旁聆聽，因為（*正如各位讀者們所知*）管家皮莉鼠小姐不時會說出一些金句，在我們偵查複雜的案件時提供靈感！

我反覆思考着她剛才的話語，覺得⋯⋯這些話並無特別之處！

我答道：「唔⋯⋯這我也知道，皮莉鼠小姐！很顯然，為了破解謎題，需要**更加深入思考**！

就在這時，我身後傳來福爾摩鼠的聲音，說：「**你是說，沉得更深？**

這很有意思……

皮莉鼠小姐，謝謝你的建議！」

他一邊走下樓梯，一邊補充說：「我敢肯定，你剛才的話會給接下來的案子帶來**靈感**！」

我好奇地問：「但……**哪來的案子**，你剛剛親手送走了一大隊焦急不安的訪客！」

福爾摩鼠看看我，無奈地搖搖頭。

「史提頓，你又一次證明了自己的觀察力弱得可憐。此刻門外還站着一位**求助的客戶**……剛才你排隊時就排在她後面！」

我驚訝地睜大眼睛。「沒錯！我怎麼就忘記了呢？」

福爾摩鼠繼續說道：「要是你們再不給她開門，我的下一位客戶就要一走了之了！」

福爾摩鼠話音剛落（我甚至還沒來得及邁出

15

雙腿），皮莉鼠小姐已經把大門打開了……我們看到那位黑髮**女鼠**正轉身離開。

福爾摩鼠召喚她：「小姐，別走！該輪到你了！」

她轉過身回答：「喚，福爾摩鼠先生！我猜你不會對我的案子感興趣！」

福爾摩鼠安慰她：「並非如此！你是個**帆船運動員**。此刻你心裏正掛念着某位朋友，希望拜託我解開三輪腳踏車島上的謎團……**這個案子很有趣**！」

黑髮女鼠驚訝極了，說：「的確如此……但你怎麼知道的呢？」

福爾摩鼠回答：「很簡單！因為你的衣着透露了這些**訊息**！」

說罷，他轉頭向我擠擠眼睛：「你肯定也注意到了……對吧，史提頓？」

我趕忙仔細打量這位女士，不過福爾摩鼠

可沒有給我觀察的時間：「看來你什麼還不明白……儘管所有細節如此**顯而易見**！」

隨後，他禮貌地向她鞠了一躬，開始分析：「你對帆船航海的熱情可以從你所穿的**帆船運動服**上看出來……而你用來遮住面龐的深色太陽眼鏡（儘管今天是陰天）、雙手緊捏的手帕、以及說話時的鼻音都說明你曾哭泣過，也許你心上一直惦念着某位朋友……而你口袋裏露出來的航海圖告訴我，你的案子很可能與**三輪腳踏車島**上的謎團有關！」

黑髮小姐露出驚訝的微笑，說：「福爾摩鼠先生，你的分析十分準確！但你是怎樣知道三輪腳踏車島上的謎團呢？沒有任何報紙或新聞對此進行過報道呢！」

福爾摩鼠自信地笑起來：「小姐，我的消息十分靈通，遠超你的想像！現在請你隨我來！」

　　隨後他轉身對我吩咐說：

「**史提頓，
　　　你也一起來！**

你是我的助手鼠！你之前提到的海上**揚帆遊覽**，將會成為激動鼠心的……

**海上偵察
　　　之旅！」**

案件

「我從不會迷信，
而是用邏輯推理，
　　破解謎團！」

夏洛特・福爾摩鼠

福爾摩鼠式的謎案

就在那之前，我還心存幻想能避開出海。但誰能預測到這宗案件居然發生在……海上！

咕吱吱，一想到我將登上小船，在洶湧的浪濤中顛簸，我的胃就忍不住開始翻江倒海！幸好皮莉鼠小姐扶住了我……並為我打氣。

「勇敢點，謝利連摩！他們還在等着你呢！」

我的思緒飛回了現實，我快步向一樓的工

作室走去，那是福爾摩鼠招待客戶的地方。

我進入了房間，看到這裏的每件物品都布置得井井有條，牆壁書架上放滿了一排排珍貴的神秘書籍……桌上放着墨水瓶、鵝毛筆和手抄稿……福爾摩鼠的 **小提琴** 還擺在老地方，而他自己作曲的《畏罪潛逃托卡塔曲》的樂譜仍在譜架上。

掛鐘依舊在牆的一角滴答作響，旁邊擺放着古色古香的中式花瓶，以及一部大偵探自己設計的 **電腦**。

這房間的主人——獨一無二的大偵探福爾摩鼠正坐在他舒適的紅色絲絨 **扶手椅** 中，專注地與剛剛抵達的客戶談話。

此刻，客戶坐在另一張同樣舒適的扶手椅中。

我只能坐在房間裏最硬的 **椅子** 上。我從懷中掏出筆記簿，準備記錄有用資訊。

福爾摩鼠對客戶微笑着說：「我已經準備好

聽你分享了，小姐請問你貴姓？」

　　她回答：「我姓莫里森，全名瑪麗娜·莫里森。我是一名帆船運動員。正如你所推測，我是一個偉大的帆船運動員的女兒……」

她有些哽咽，説不下去了。

福爾摩鼠安慰她説：「請繼續説下去！我們已經明白了，你很擔心父親的安危！」

瑪麗娜點點頭：「沒錯。上周三我父親，**雷莫・莫里森**駕駛帆船出海。他獨自駛向了三輪腳踏車島。那個島由三座無鼠居住的荒涼小島組成，位於老鼠島的西部。我想關於島嶼的資訊你已經了解了，對嗎？」

福爾摩鼠點點頭。

瑪麗娜掏出口袋裏的 **航海地圖** ，告訴我們：「我擔心的是父親失蹤了整整一天！當天他黎明時分出發，行前我和他約好中午一起吃午餐。但他中午**沒露面**，我想也許他在海上還沒玩過癮。奇怪的是，他沒有提前通知我。

「又過了幾小時，我越想越擔心！於是，落日十分，我撥通了**海岸警衛局**的電話。警衛隊立刻駕駛快艇，沿着三輪腳踏車島周圍展開搜

索。根據碼頭無線電消息，最後警衛隊在離目的地相反的方向，也就是島的東邊發現了他的**船**。救援人員從那兒把他救了回來。」

福爾摩鼠問道：「嗯⋯⋯他怎麼會開到那麼遠？」

瑪麗娜繼續説下去：「謎團正正在這裏！*他什麼也記不清了！他只記得從老鼠島出海時，帆船一路* **順風航行**！隨後，海上泛起大霧，從那時起，他就 **記憶模糊**⋯⋯直到晚上被救援人員發現。」

福爾摩鼠評論説：「也就是説，在他的記憶裏，白天有部分時間『空白』了⋯⋯

史提頓，記下來！」

我忙不迭地在筆記簿上寫起來：「*記憶缺失⋯⋯白天活動部分！*」

瑪麗娜説：「我父親的**記憶力一直都很好**⋯⋯他的朋友們都可以作證！」

我插嘴説：「不管怎麼説，你父親平安健康地回家了！所以……為什麼你要來找我們呢？」

她歎口氣説：「因為我想查清楚究竟當天發生了什麼事。有些事情不對勁……我不希望可怕的 **過程** 重現！」

福爾摩鼠靜靜地望着他。

瑪麗娜懇切地説：「福爾摩鼠先生，一直以來，我都是你的支持者，我想也許這個 **謎團** 需要…… **福爾摩鼠式** 的 **推理** 才能解開！」

福爾摩鼠微笑着點點頭。看來這位年輕的小姐很了解他，甚至用上了「福爾摩鼠式」這樣的詞語來吸引他的注意力！

瑪麗娜接着説：「我爸爸並非唯一的受害者。最近幾天內，另外兩艘船在三輪腳踏車島附近失蹤後被尋回。而船員們什麼也 **不** 記得了！不過，既然失蹤的船員們都回來了，海岸警衛局局

長就懶得再進行深入調查！」

福爾摩鼠嚴肅地說：「對警局而言，**沒有**人員失蹤就不會立案！另外，正如你之前所說，報紙、電視上從未對此事件展開報道。」

我詢問他：「既然外界沒有透露風聲，你又是如何知道此事呢，福爾摩鼠？」

他靜靜地回答我：「**史提頓，基本演繹法。**我經常去 港口 那一帶。最近我聽說了很多小道消息，聲稱有幾艘船失蹤後又重新出現：我最感興趣的就是那些*不同尋常、無法解釋、神秘未解的懸案！*」

福爾摩鼠宣布：「**對於偵探的重要法則：永遠要耳聽六路、眼觀八方……連任何小道消息也不要放過！**」

他吩咐我：「你記下來了嗎，史提頓？」

我飛快地在筆記簿上記錄，回答說：「當然了，福爾摩鼠！*任何小道消息也不要放過！*」

如今我才意識到為何福爾摩鼠讓我臨行前攜帶所有出海裝備，原來他早已洞悉三輪腳踏車島最近出現了未解之**謎**！

瑪麗娜說：「福爾摩鼠先生，儘管我們之前從未碰面，但我知道你經常去碼頭。因為我認出了你的**船**⋯⋯它的設計真是無與倫比！我猜你肯定經常聽到大家議論它的奇特造型吧！」

福爾摩鼠點點頭，他從扶手椅上起身，向書架走去。「這三個小島周邊海域，一直以來流傳着一個古老的傳說。幾百年前，有一艘載滿黃金的大帆船《射手號》在那片海域沉沒了。」他一邊說，一邊從書架上拿

起一本厚厚的古老書本，翻開並指給我們看其中一頁插圖。只見插圖上描繪了一艘暴風雨中行駛的帆船，那帆船四周海域布滿了尖利礁石。我只看了一眼那圖片，就嚇得快要暈船了！

我嘀咕着說：「這些礁石密布的地方是哪裏？」

「那就是三輪腳踏車島！」福爾摩鼠告訴我。

「書中記載，《射手號》帆船在航行至三個小島中間海域時，突遇暴風雨並不幸撞上了暗礁，導致船隻沉沒。船上價值連城的黃金也隨之消失在蒼茫大海。儘管後世無數探險家和考古學家爭相尋找這艘船的下落，但從未有誰發現它沉在何處。」

瑪麗娜點點頭，說：「事實上，水手們對那片海域十分恐懼，通常會避開那裏！」

福爾摩鼠不屑一顧地說：「哼！我從不會迷

信，而是用**邏輯推理，破解謎團**！現在是時候……」

就在此時，皮莉鼠小姐敲門進來，接話說：

「**是時候品嘗茶點了！**」

和往常一樣，她推着載滿了 **美味** 茶點的小推車走進房間。

福爾摩鼠對瑪麗娜說：「請你也嘗嘗皮莉鼠小姐準備的 **好茶** 吧！」

她回應説：「感謝你的美意，福爾摩鼠先生！」

待她品完茶，我的大偵探朋友宣布：「莫里森女士，現在我要和 **助手** 一同去展開調查！」

説完，他對我投來催促的眼神，命令説：「史提頓，你還在磨蹭什麼？快送莫里森女士出門。明早我們和她一起在港口碼頭碰面！」

調查

「哼，怪獸？
那只不過是鼠民
對於未知大海的畏懼！
真相只有一個……
而我將解開謎題！」

夏洛特·福爾摩鼠

碼頭碰面

　　第二天黎明時分，雷鳴般的吼聲從離奇大街13號傳來：「快醒醒，史提頓！*快醒醒醒醒！*」

　　我睡眼惺忪地從被子裏鑽出來，迷迷糊糊地一頭撞到牆上！

　　福爾摩鼠的聲音從我房間的門外穿透進來：「案件十萬火急……出海刻不容緩！**立刻**起牀！」

我忙不迭打開門，和他說：「福爾摩鼠，我馬上就會梳洗好！不過關於出海⋯⋯」

　　我鼓起勇氣閉上眼睛，深吸一口氣，坦白道：「我**暈船**很嚴重！我沒辦法出海旅行。」

　　我終於說出口了，福爾摩鼠卻沒有回應。他究竟在想什麼？

　　我睜開雙眼，發現他已經下樓了！

　　我匆忙穿好衣服，來到樓下。只見福爾摩鼠背朝着我，身上穿上了全套**航海服裝**。他吩咐皮莉鼠：「請為我們備好三輪電單車。我們要立刻前往**碼頭**，再過十五分鐘，瑪麗娜就會抵達那裏。然後，我們將一起展開調查⋯⋯我們將駕駛我的帆船，出海探案。**史提頓，你記下來了嗎？**」

　　我驚訝地差點蹦起來（我剛才悄悄出現在他身後，他怎麼會察覺到我來了呢？！）我只好回答：「**當然！**」

我剛想補充說明我暈船的情況，他卻已經閃電般地朝門外走去，嚷嚷道：「給我**蹦、蹦、蹦**起來，時間都像黃金一樣寶貴！史提頓，打起精神來，讓我們迎風啟航，與滔天的巨浪共舞、與洶湧的洋流搏擊！你一定感到很興奮吧？」

滔天的巨浪？洶湧的洋流？

我嚇得渾身篩糠般狂抖。但現在已經沒時間打退堂鼓了。作為一名偵探助理，我肩負重任！

　　我提起了皮莉鼠為我們準備的食物籃，以及裝滿了熱茶的保溫壺，跳上了 三輪電單車的側車，坐在福爾摩鼠的身旁。

　　十四分鐘後，我們抵達了怪鼠城的碼頭。

　　瑪麗娜正在碼頭等候我們。她微笑着迎上前來說：「你們真是準時到達，福爾摩鼠先生，我們先從何處開始調查呢？」

福爾摩鼠回答説：「首先我想和你父親**雷莫·莫里森**聊聊。請問他在嗎？」

瑪麗娜點點頭説：「在！他正在引擎那裏等候。」

我聽了一頭霧水，疑惑問道：「引擎？難道**你父親**不是憑藉風帆航行嗎？」

我們跟隨瑪麗娜向前走，福爾摩鼠向我解釋：「史提頓，帆船也有**引擎**的！」

正在為引擎加油的一位老鼠先生聽了福爾摩鼠的話，插話道：「沒錯！而且這艘船很耗油……三天前我把它**入滿油**的，現在又要開始加油了！」

福爾摩鼠問：「上一次是周三早晨加油的嗎？」

「沒錯！正是 **周三黎明時分** ！」

瑪麗娜走上前來，為我們介紹她的父親。

雷莫‧莫里森向福爾摩鼠伸出手，說道：「我猜你為了 **三輪腳踏車島** 一事來見我吧。」

我的朋友回答：「的確如此。我想親口聽你講述下那天出海的經過。」

莫里森開始說明起來：「三天前颳起**東風**。我決定借東風前往三輪腳踏車島一遊……」

福爾摩鼠轉身提醒我說：「史提頓，快記下來！馬上翻開瑪麗娜的**航海圖**，來對比確認方位。」

瑪麗娜展開航海圖，碼頭上的微風吹得紙張微微作響。

　　福爾摩鼠指了指地平線，說：「島嶼就在那個方向，在我們西面……」

　　接着，他指了指相反方向，說：「而風從東邊來，那天的風向和今天一樣！」

三輪腳踏車島

怪鼠城

　　雷莫點點頭，繼續說：「我依稀記得，那天出海後，那幾座小島恍惚進入我的視線……不過我無法肯定，因為當天霧氣瀰漫，我只模糊地看到遠處的輪廓……隨後，我就睡着了。真奇怪！也許是我太累了。當我醒來時，我發現自己處於怪鼠城東面。就在這時，港口派來的海上救援船找到了我。」

福爾摩鼠回應説：「幸好救援船及時到達！不過他們又怎麼知道你在那兒呢？」

雷莫解釋説：「救援人員告訴我，他們當時正開展海上搜救行動，但由於無法確認我的方位，所以一籌莫展。幸好，一艘 **遊艇** 經過發現我在漂流，並向救援隊匯報我的方位。」

雷莫停頓片刻，聳了聳肩説：「老實説，福爾摩鼠先生，我根本不記得發生了什麼事！不過無論如何，我平安無恙地回來了！我的女兒很崇拜你，也許她想趁此機會認識你！我認為，如此小事本不應該去請你出馬。」

瑪麗娜交叉雙臂，嚴肅地表態：「但是，我非常**擔心**……你的狀態！」

福爾摩鼠回應：「莫里森先生，我對此案很有興趣，儘管對你而言一切不足掛齒！」

雷莫毫不在意地説：「嗨，對我來説，發生的事 **並不神秘**！無非是在登陸小島前，我不

小心陷入濃霧……然後我眼皮突然變沉，睡着了，就這樣船自己漂流到了**怪鼠城**東面！」

福爾摩鼠聆聽後問：「你能在**地圖**上標示出救援人員找到你當時所在的位置嗎？」

雷莫點點頭：「當然可以！」

我從瑪麗娜手中接過地圖，正打算交給雷莫。此時**風力**突然變強，攤開的地圖一下子颳到我臉上。我的視線被擋住，重心不穩大叫起來：「**救命！！！**」

瑪麗娜嚷嚷起來：「**謝利連摩，小心啊！**」幸好，她及時抓住我的手臂，將航海地圖從我臉上拿開，交給了她父親。

福爾摩鼠問道：「莫里森先生，那天的風向和**洋流情況**，你還能記起來嗎？」

他點點頭，為我們在地圖上做了標記。

福爾摩鼠分析起來：「根據 **第一條線索**，事情恐怕並不像你想得那麼簡單，莫里森先生！」

福爾摩鼠將地圖交給我：「史提頓，你仔細看！」

我瞪大眼睛 **觀察** 此圖，可是我平生對風力和水流一無所知⋯⋯咕吱吱！

地圖上顯示了當日所發生的一切！

三輪腳踏車島

風向　　水流方向

莫里森昏睡前所處方位

救援隊發現莫里森時所處的方位

怪鼠城

各位親愛的讀者，你們知道在地圖上有什麼線索了嗎？

幸好，瑪麗娜來幫我解圍。她湊近**地圖**觀察起來：「你說得有道理，福爾摩鼠先生！三天前，風向和洋流都朝向三輪腳踏車島。因此即使父親的帆船處於無主駕駛的漂流狀態，也應順流漂向島嶼的方向。但事實上，他的船卻**向西邊**駛……也就是離目的地相反的方向！」

福爾摩鼠滿意地點點頭，稱讚說：「推理十分正確，瑪麗娜！」

接着，他對莫里森先生說：「請問在三天前事故後，你還用過那艘**帆船**嗎？」

他搖搖頭，回應說：「沒有！」

福爾摩鼠總結道：「那麼今早我所看到的一件物品，清楚顯示了那天發生了什麼事。」

我疑惑地問：「嗯……什麼事？」

福爾摩鼠驕傲地瞥了我一眼：

「史提頓，你真是無可救藥。

你總是心不在焉！」

「我們已經知道，當日出海前莫里森先生入滿了油，但回來後帆船的**油箱**都空了。通過油箱的狀態，我們可以判斷出，當天駕駛員為了讓帆船向東行駛，必須**逆風**逆水行船，因此一定開啟了引擎！」

瑪麗娜點點頭。莫里森先生撓撓頭，恍然大悟，驚歎說：「對呀！我怎麼就沒想到呢！」

福爾摩鼠總結道：「如果啟動引擎的人並非莫里森先生，說明某隻鼠趁他**昏睡**時下手。

但到底會是誰？
又為何要這樣做呢？」

倒霉的
出海
捕魚經歷

　　我們告別了莫里森先生後，福爾摩鼠開始詢問另外兩艘在島嶼附近失而復返船隻的情況。

　　瑪麗娜解釋説：「最先遭遇不測的是《克羅埃西亞號》**船員**。上周這艘船曾出海到三輪腳踏車島附近捕**沙甸魚**。」

　　我們抵達了港口生鮮販賣區。在這裏，漁船船主們熱情地販賣剛捕撈上來的鮮魚。

　　瑪麗娜將我們介紹給了《克羅埃西亞號》的水手們和船長。福爾摩鼠打開話匣子：「聽說你們一星期前曾出海駛往三輪腳踏車島，因為那片海域可以捕到品質上好的沙甸魚……」

　　船長點點頭：「先生！那片海域的沙甸魚是頂級品質，我敢作保證！」

　　福爾摩鼠繼續問：「當你們抵達三輪腳踏車島時，發生了什麼事呢？」

船長皺起眉頭回憶：「嗯……我們並沒抵達目的地，在海上航行不一會兒，突然大霧瀰漫，我從未見過如此濃密的**霧氣**！手足們，對吧？」

兩位水手點點頭：「**的確如此**，船長！從未見過如此濃密的霧氣！」

就在此時，一位太太走到船長身邊詢問：「早安，船長！請問你們還出售和上周那批同樣鮮美的沙甸魚嗎？上次的味道好極了！」

船長有些尷尬地回答：「今天沒有，女士……要不要看看**紅衫魚**？」

船長和顧客做完交易後，開始重拾話頭和我們訴苦：「船上發生的一切真是**不可思議！無法說清！不可理喻！**」

我好奇地催促他：「快說啊，快說下去吧！」

他繼續憶述起來：「我們船上所有水手居然都**暈倒**了！當我們清醒時，已經夕陽西下，我們發現船正位於怪鼠城附近的海域。」

我撓撓腦袋問：「那你們是怎麼到那兒的？」

船長聳聳肩膀說：「我們肯定是在大霧中弄錯了航行方向！我們並沒抵達三輪腳踏車島，而是迷路了！」

水手們異口同聲地說：「沒錯，迷路了！」

福爾摩鼠搖搖頭說：「你們在**撒謊**！根據 **第二條線索**，你們明明去過三輪腳踏車島附近！這堆魚就是最有力的證明！

這就是你們說謊的證據！」

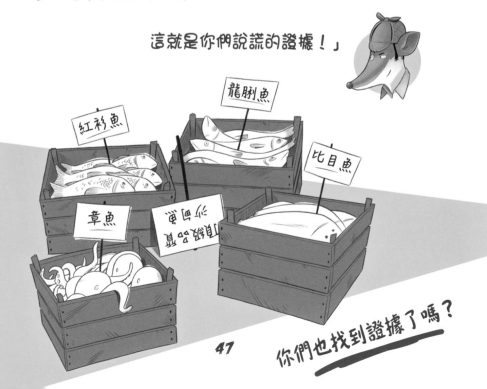

龍脷魚

紅衫魚

比目魚

章魚

三輪腳踏車島

你們也找到證據了嗎？

我困惑地這邊瞅瞅，那邊瞧瞧，問道：「**證據**？什麼證據？證明船員們撒謊的證據嗎？」

福爾摩鼠提醒我：「沒錯，史提頓！你要仔細觀察！**作為一名偵探的重要原則：用眼看，更要用頭腦看！**」

我仔細地審視眼前的魚攤。上面擺滿了琳琅滿目的各類海魚……

以一千塊莫澤雷勒乳酪的名義發誓……這些魚就是線索！

我開始推理起來：「今天魚攤上沒有頂級沙甸魚供應，而上星期卻有，剛剛那位顧客的查詢就是證據！寫有『頂級品質沙甸魚』的牌子，被你們扯了下來，這證實了我的猜疑！」

說罷，我指了指掉在地上的**牌子**。

我說道：「說明你們上星期，的確抵達了三輪腳踏車島附近海域……你們為何要說謊稱自己

並未去過呢？」

水手們聽到我的問話，一個個沉默不語。船長尷尬地摘下帽子，清清嗓子說：「其實……是這樣……那天當三輪腳踏車島進入我們視線時，大霧開始在海上瀰漫。起初，我們尚能**撈捕**到一些沙甸魚。然後……然後我們紛紛陷入昏睡。幾個小時後，我們發現自己在離目的地很遠的海域。我說得沒錯吧，手足們？」

只見兩位水手沉默地點點頭。

福爾摩鼠狐疑地問：「難道你們就沒有思考過，究竟發生了什麼事嗎？」

船長壓低聲音回答：「對我們來說，答案只有一個。古老傳說中所預言的都在現實中發生了，三輪腳踏車島上有**海怪**！牠會吐出邪惡的氣息、侵入我們的夢境，讓我們昏睡不醒！雖然我們僥倖活着回來，但有一件事我們可以肯定——我們絕不會再駛入那片區域捕魚！」

我聽得一頭霧水，失聲問道：「海一怪？什……什麼海怪？」

兩位水手告訴我：「幸好那天我們沒有見到牠！聽說**海怪**的身材**巨大**！」

瑪麗娜好奇地問：「那你們為何不在一開始就告訴我們真相呢？」

船長答道：「小姐，你不是在開玩笑吧？如果船主聽到我們剛才所說的，一定會**立刻解僱我們的**！在捕撈作業中陷入昏睡，屬於違反工作紀律！我們怎能說這一切都是海怪造成的呢？」

福爾摩鼠嘟囔着說：「哼！你們所言皆是**迷信**！絕非真相！我會用邏輯推理破解謎團！**以我夏洛特・福爾摩鼠的名義保證！**」

海島巨怪

我們離開碼頭，前往港口另一區域。我們要去拜訪一位在三輪腳踏車島附近遭遇離奇經歷的鼠民。

瑪麗娜向我們介紹他說：「**麥克・馬達鼠**從不相信任何關於三輪腳踏車島的迷信故事。一天，他自告奮勇在夜間開快艇前往島嶼探秘，以向朋友們證明那些古老的故事都是無稽之談。自從那次探秘以後，他的想法就改變了！」

很快，我們找到了這位年輕鼠，他正在擦拭自己的快艇。

　　當福爾摩鼠請他憶述當天夜探島嶼的經歷時，這個小伙子臉上流露出強烈的**恐懼**，驚怕地說：「你們為什麼想知道？那島嶼上有怪物，比傳說中流傳的海怪**更可怕**！」

　　福爾摩鼠不依不撓地誘導說：「別為我們擔心，馬達鼠先生……請你將發生的一切告訴我們！」

馬達鼠開始回憶：「當日我深夜抵達三輪腳踏車島。我正打算登島時，突然發現濃霧中露出**三束強光**。我立刻用手提電話拍了照片，轉眼濃霧籠罩了我的快艇⋯⋯我聽到了讓鼠毛骨悚然的**怪聲**⋯⋯隨後我就昏了過去！」

「哆哆哆……我可不想和你們提起關於那個島嶼的可怕傳說!」

我好奇地問:「在你昏倒之前,你有看見過什麼東西嗎?比如**海怪**?」

他告訴我:「事實上我什麼也沒看見!第二天我才蘇醒,發現快艇已經漂到了離目的地很遠的外海。我回到怪鼠城後,立刻和朋友們講述了前一夜所發生的事,可是他們誰也不相信我!」

馬達鼠歎了口氣,繼續說:「和我打賭**夜探**島嶼的朋友們,說這一切都是我編造的故事!他們認為我根本沒有膽量登上島!他們在我出發前拍了張照片,還在上面寫上幾個字『膽小鬼』!你們看看吧!」

福爾摩鼠從馬達鼠手上接過**照片**,仔細端詳着,隨後詢問他:「你心裏如何看待所發生的一切呢?」

馬達鼠回答:「我……懷疑島上有怪物!我

認為那座島上還居住着傳說中的遠古巨怪……可怕的 **三輪腳踏車島魔怪** ！」

「三輪腳踏車島魔怪……是什麼啊？」我從未聽説過這個名字，感到十分好奇。

福爾摩鼠不屑地回答：「史提頓，只不過是些老掉牙的傳說罷了！據說很久之前，在三座小島上居住着三頭可怕的 **三眼巨怪**。牠們很擅長用強光迷惑附近的船隻，讓船觸礁下沉。」

馬達鼠嚷嚷：「這可不是什麼傳說迷信！我那天的確看見島上發射出強光！我敢肯定那就是巨怪的眼睛……我還聽到濃霧中傳來可怕的怪聲，那一定是巨怪的 **咆哮** ！很可惜，我沒有什麼來證明自己的推論，也沒有膽量重返島嶼探個究竟！」

福爾摩鼠胸有成竹地說：「我敢保證，水手們口中令鼠喪膽的海怪，或是你提到的傳說中的三眼巨怪並不存在。這些 **傳説** 在世上流傳

已久，目的是要提醒水手們小心航行、以免觸礁。」

福爾摩鼠的保證讓我安下心來。

我向大家宣布：「世上並沒有**怪物**，海裏也沒有！所謂的**狼貓**、城堡幽靈或者什麼**劇院魅影**，都是假的！」

我轉身對瑪麗娜說：「莫里森女士，我曾追隨福爾摩鼠深入調查過多宗神秘案件。每次真相水落石出時，我們都會發現，**那些可怕的傳說，在現實中並不存在！**」

瑪麗娜笑起來：「我知道。我已讀遍了你的著作——《神探福爾摩鼠》系列的所有書，謝利連摩！」

我的偵探朋友給予我肯定，說：「沒錯。怪物並不存在！對了，馬達鼠先生，你手裏並非沒有證據。你當日不是用**手提電話**拍了一張照片嗎？」

馬達鼠懊惱地攤攤手爪：「手提電話不見了，應該是掉進海裏了。」

福爾摩鼠分析：「你肯定嗎？我敢說它不會這樣莫名消失。你剛才給我們看的照片上，顯示了 **第三條線索** 。」

馬達鼠驚訝地問：「第三條線索？」

福爾摩鼠微微一笑：「有樣東西你看不到，但是可以推測到！沒錯吧，史提頓？」

線索的確有，但是看不見！

你們也能看出圖中有什麼線索了嗎？

嗯……説實話，我可什麼也沒看懂！

福爾摩鼠訓斥我：「我的助理鼠，動動腦吧！**作為一名偵探的重要原則：沒看見的東西，不代表不存在！**如果你看得夠仔細，就能發現馬達鼠丟失了什麼……」

我嘟囔道：「嗯，馬達鼠剛剛都説了，他的手提電話丟了，應該是掉進海裏了！」

福爾摩鼠搖搖頭，歎了口氣説：「史提頓，你真是朽木不可雕也！」説着，他伸出手指，指了指照片中馬達鼠腰間纏着的一條繩子。

「照片上我們可清楚看到，這條防盜繩一端繫着馬達鼠的手提電話，而另一端則通過**掛鈎**掛在馬達鼠腰間。」

馬達鼠點點頭：「沒錯！我通常出海時，都會這麼穿，以策安全。」

福爾摩鼠接着分析：「你還在船上，手提電話怎麼會掉進海裏呢？我認為你的手提電話是被

偷去的，很可能因為你**拍攝**了島上的照片，而他不想讓島嶼上發生的一切洩露出去。」

我驚呼起來：「我們必須找到那張照片！」

福爾摩鼠點點頭：「沒錯！如果馬達鼠允許，我們可以修復他手提電話的**雲端存儲**，也就是電子設備常用的互聯網數碼備分空間。那裏保存着很多資料，例如常用的電話應用程式、電話號碼以及照片！」

福爾摩鼠對於電子設備的精通真讓我佩服。他在幾分鐘內就成功復原了馬達鼠拍攝的海島照片。

「看，島上射來的光像不像貓的眼睛！難道説三輪腳踏車島上住着……**巨型貓怪？**」我問道。

福爾摩鼠嗤之以鼻，説：「史提頓，我剛剛重申過：世上並沒有怪物。顯然，從馬達鼠身邊盜走手提電話的神秘鼠，並不想讓這張照片落入我們手中！」

水手的古老傳說

我們看着照片一籌莫展，瑪麗娜建議我們：「也許我們應該找熟悉這片海域的專家聊一聊，比如**航海世家的展帆爵士**。」

馬達鼠插嘴說：「他幾個星期前就出海了。」

瑪麗娜驚詫地問：「真的嗎？他去哪裏了？」

馬達鼠聳聳肩：「無可奉告！他從不向任何鼠透露自己的行蹤……也許他像去年一樣，去**環遊世界了**！」

福爾摩鼠宣布:「現在我們必須和海岸警衛局談談,刻不容緩。」

我們向馬達鼠道別,隨後驅車前往海岸警衛局辦公廳。

局長**潘賽鼠**留着鬍子、身材壯實。他在自己的辦公室裏接待了我們。從他辦公室窗口望去,海岸線景色一覽無遺。

潘賽鼠發表意見:「所謂的 *(港口鼠民最近議論紛紛的)* 神秘失蹤事件,其實只不過是些 迷信 觀念而已。所謂的失蹤受害者全部平安歸來,且發現他們的地方均離三輪腳踏車島較遠。至於你,福爾摩鼠先生,你也不會相信那些荒謬的傳說吧?」

福爾摩鼠注視着他,一言不發。

福爾摩鼠開始發問：「據我所知，海岸警衛局建議所有船隻避開三輪腳踏車島附近海域**航行**。我說得沒錯吧？」

潘賽鼠點點頭：「的確如此，因為那片海域十分危險！幾個世紀以來，那片海域簡直成了船隻的海上墳場，《射手號》大帆船就在那裏**沉沒**。而且幾個月前，*那片海域颳起風暴，島上一片狼藉！*」

福爾摩鼠詢問：「之前在那片海域失蹤又重現的幾條船上都裝了全球定位系統GPS，我想可以通過追蹤 **GPS** 訊號，來查看它們事故當日的航行路線。你覺得可能嗎？」

潘賽鼠攤開手爪：「很可惜，我們看不了。那片海域GPS訊號常年失靈，不過肯定不是因為怪獸的原因。哈哈哈！」

福爾摩鼠的表情十分凝重，說：「嗯⋯⋯失蹤的船員們，每次都會在**大規模搜救前**被找

到。你不覺得這很奇怪嗎？」

潘賽鼠解釋說：「根據海岸防控法規定，我們海岸警衛局配備訓練有素的**救援隊**。不過每次救援隊還沒開始搜尋，我們就通過無線電收到消息：有鼠民看到了失蹤的船隻。」

就在此時，一隻身材矮小、身穿制服的海員走過來，他用**細細**的聲音，有禮貌地向我們證實長官的話：「先生們，我可以作證！我名叫**羅傑鼠**，是海岸警衛局無線電中心的負責鼠。這幾次失蹤事件，均是我在上班時收到的資訊。」

他邀請我們隨他前往**無線電中心**。

我留意到那間辦公室裏配備了各類通訊器材，還收藏了一些古老的航海用具。

我好奇地觀察這些文物（順便從緊張的探案中放鬆自己）。羅傑鼠笑容滿面地走近我說：「這些物件很美吧，不是嗎？指南針、六分儀、編年史卷宗、望遠鏡……在無線電器

63

材發明前，航海家們依靠這些工具來展開探險旅程！」

　　福爾摩鼠開門見山地問他：「你通過無線電話，得知在那片海域失蹤的漁船、快艇和帆船的 **方位**？請問給你通風報信的是誰呢？他們可曾留下姓名？」

　　羅傑鼠回答：「很可惜，沒有留下任何姓名。不過，我留意到一個 **細節**，三次失蹤事件

中，給我們打來電話的三隻鼠聲音十分獨特，我的技工同事可以證實我說的話。」

　　局長潘賽鼠總結道：「福爾摩鼠先生，你滿意了吧？我想這些雞毛蒜皮的迷信事件，實在不值得你浪費時間。」

　　不過我的偵探朋友似乎並不贊同他的話。

　　「這個案件中，有很多細節還模糊不清。」福爾摩鼠分析，「我們一起乘上我的帆船，去三輪腳踏車島探個究竟！」

　　瑪麗娜點點頭。

　　而我呢……還沒上船，我已經感覺暈船浪了！

揚帆遠航

　　一座外型獨特的**帆船**靜靜停泊在岸邊。正如福爾摩鼠的其他交通工具一樣，這艘帆船凝聚了大偵探的設計靈感。

　　我們甚至可以說，這艘船集帆船、快艇和潛水艇多種功能為一體，是個奇特的混合海上交通工具發明……

　　這艘船的外形又長又尖。甲板全部由光滑表面的

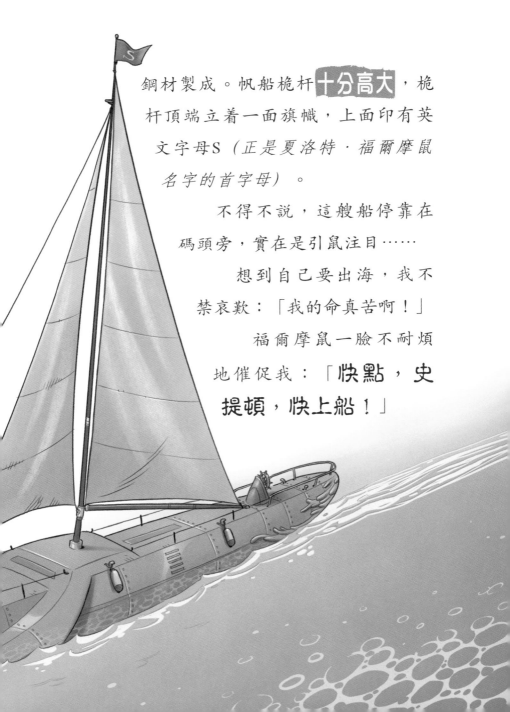

鋼材製成。帆船桅杆 十分高大 ，桅杆頂端立着一面旗幟，上面印有英文字母S（正是夏洛特·福爾摩鼠名字的首字母）。

不得不說，這艘船停靠在碼頭旁，實在是引鼠注目⋯⋯

想到自己要出海，我不禁哀歎：「我的命真苦啊！」

福爾摩鼠一臉不耐煩地催促我：「**快點，史提頓，快上船！**」

隨後，他向我投來偵探審視的目光：「以一千根提琴弦的名義，你的臉色可真難看！」

我抓緊機會解釋：「事實上，我⋯⋯我早就想告訴你，我想還是不要上船比較好⋯⋯因為我**暈船很嚴重**⋯⋯」

但福爾摩鼠壓根沒聽到我的話，就「咻溜」跳上甲板，瑪麗娜緊隨其後。

我歎了口氣。我別無選擇，只能登上這艘造型古怪的船，在洶湧的浪濤裏**搖擺翻滾**了！

福爾摩鼠見我上了船，隨即解開船纜，手握船舵高聲呼喚我：「動起來，馬上動起來，史提頓！**把錨搖起來，把護舷墊拿掉，升起帆，我們出發啦！**等我們開到外海，你來負責收捲纜繩！」

我從甲板一端滾到另一端，忙不迭地完成各種福爾摩鼠派給我的任務，而他則氣定神閒地凝望着海平面。

很顯然，我的偵探朋友不會暈船浪！

瑪麗娜興致勃勃地讚歎道：「這艘帆船太獨特了！」

「史提頓，拿出 **航海圖**！注意航向！我們必須盡最快速度抵達三輪腳踏車島……」

我氣若游絲地攤開航海圖說：「**咕吱吱**！我真的……**暈船浪十分嚴重**！難道我們不能開慢點嗎？」

福爾摩鼠在前方高叫道：「史提頓，你在說什麼？風浪太大我聽不見……你想再開快點嗎？」

說罷，我的朋友操縱帆船漂移過彎，巨大的風帆迅速調轉方向，結結實實掃到我的**後腦勺**上！

我身體向前一撲，如麵粉袋子般趴在地上。

「史提頓，別偷懶。」

福爾摩鼠朝我高喊：「你又想耍滑頭趴着休息？現在可不是在甲板上曬太陽的時候！你就算再曬，臉也不會變得比現在更綠……」

我 **踉蹌** 地爬起身。此刻帆船船身開始大角度傾斜，我趕忙緊緊地抱住船的桅杆。

我的胃裏開始翻江倒海，緊張得鬍鬚亂顫！

最令我心驚膽寒的，就是我們離三輪腳踏車島越來越近了，離島上那些（**連是否是妖怪都說不清**）的不明生物也越來越近了！

福爾摩鼠聚精會神控制航向。「非常好！我們離目的地越來越近……快看，史提頓！」他伸手指向海平線，只見那裏升起一團 **濃霧**……

「濃霧後面就是三輪腳踏車島！**別忘記運用基本演繹法，史提頓！**一切都和我們預料的一樣，分毫不差！」

接着，大偵探將一件外型奇特的小玩意套在臉上，那玩意像是潛水時用的面罩……真古怪！

頃刻間，濃霧瀰漫，將我們團團包圍。我開始感到頭暈腦漲，昏昏欲睡。**多麼強烈的睡意啊！**

71

與此同時，福爾摩鼠從懷中掏出一個奇怪的裝置：一個不斷旋轉的漏斗裝置將濃霧中的水霧捲進來，並存入裝置底端的**試管**中。

　　福爾摩鼠吩咐我：「快鑽到甲板下面去，史提頓！」

　　我聽話地服從他的指示，身體仍然十分睏倦。

　　我爬到甲板下層，碰到了瑪麗娜。她告訴我：「福爾摩鼠剛才吩咐我一直待在下層，直到抵達目的地再出去！」

　　不一會兒，我們的**大偵探**也爬下甲板。「大家都在這兒？很好！」

　　只見福爾摩鼠按下操控台上的一個按鈕。

呼呼！　　嗖嗖！　　咚咚！

　　帆船風帆立刻收起（*那我剛才還何苦手動操作呢？*）緊接着主桅杆開始疾速縮回船體內。幾秒鐘內，我們的船就轉變成了一艘**潛水艇**！

　　「這一切難道是夢？」我看得目瞪口呆。

福爾摩鼠用力撐撐我的胳膊……「哎喲！」

他向我微微一笑：「**史提頓**，現在醒了嗎？要是你清醒了，就做個深呼吸，定睛看看我和瑪麗娜。你要記住，你剛剛的*遲鈍表現*是案件的 **第四條線索** ……解釋了三輪腳踏車島周邊海域為何會發生離奇事件！

史提頓，你剛才昏昏欲睡的反常舉動，正是偵破謎團的關鍵所在！」

你們知道當中有什麼線索了嗎？

我困惑地問：「我昏昏欲睡的反常舉動？現在我感覺好些了，但是……」

福爾摩鼠搖搖腦袋提醒我：「運用推理法，史提頓！你在光天化日之下莫名感到強烈的**倦意**……而瑪麗娜與我卻十分清醒。你可知道是**什麼原因嗎**？」

我嘟囔道：「因為你們沒有像我這樣忙碌，把錨搖起來，把護舷墊拿掉，把帆升起來，把……」

福爾摩鼠不屑地回答：「哼！區區一點勞動，難道就能讓你睏成這樣！這才不是真正原因，繼續想……真相並不難猜！」

他摘下臉上的**防護面罩**，把它遞給我。

「剛才我一直戴着它！而瑪麗娜聽從我的建議，在濃霧包圍船體時一直躲在甲板下！」

我困惑地反覆搓着手爪思考，終於明白過來：「對呀！莫里森先生、漁民們和馬達鼠也都

曾經遇上**濃霧**！原來濃霧就是害他們昏睡的元兇！」

「通過基本演繹法來推理，史提頓！我們可以推斷出濃霧裏含有**催眠劑**！」

他一邊說，一邊將之前吸管裏的水霧倒進另一個試管內。

「我要去船上實驗室檢測一下！」

幾分鐘後，福爾摩鼠從實驗室裏鑽出來，興奮地嚷嚷：「我的推理完全正確！那團霧氣中含有超高濃度的**催眠劑**。你剛才吸了，而我們兩個沒有吸到。吸入濃霧的受害者還包括，莫里森先生、出海捕魚的海員們，以及馬達鼠！他們⋯⋯吸入了含有催眠劑的濃霧！」

我十分不解地問：「到底是誰注入催眠劑的呢？為何要這樣做呢？」

霧中暗影

　　福爾摩鼠告訴我：「史提頓，我猜你的問題很快就有答案了！」

　　他來到控制台，按下 **潛望鏡** 按鈕，我們可以通過控制台熒幕來觀測海面上的動靜。

　　福爾摩鼠提醒我們仔細觀察。只見海面上有幾個物體在快速向我們的方向移動。而水下聲音探測器則檢測出 **奇怪的雜訊**。

　　我們看到濃霧中現出三艘快艇，而負責三名

駕駛員身穿夾克，面容遮得嚴嚴實實。

我擔心極了，說：「他們會吸入海面上的濃霧昏迷。我們應該立刻向他們發出警告！」

福爾摩鼠聳聳肩，冷靜地說：「你的擔憂毫無必要。看好了，史提頓！仔細留心他們的一舉一動。這將成為我們破解 **船隻** 失蹤案的 **第五條線索** ！」

我已經明白當中的手法了！

你們也看出圖中有什麼線索了嗎？

瑪麗娜和我細緻觀察那**三艘快艇**，只見它們在海面上一圈圈疾馳。

　　很明顯，這些快艇是在搜尋海面！

　　快艇的神秘駕駛員在濃霧中來回穿梭，而他們居然沒有被迷暈！

　　瑪麗娜驚呼道：「他們的口鼻上也佩戴了**臉罩**！」

　　我終於恍然大悟，驚呼：「原來如此！這三名神秘的快艇駕駛員能在濃霧裏穿行無阻，因為他們才是案件的**幕後黑手**！」

　　福爾摩鼠點點頭説：「你總算開竅了，史提頓！連瑪麗娜都反應比你快！」

　　「哪裏哪裏！我和謝利連摩同時注意到了這些細節！」瑪麗娜有禮貌地為我打圓場。

　　福爾摩鼠分析説：「我們可以假設，在之前案件中，也許正是這些神秘面罩鼠搜尋到被**迷暈**的老鼠後，將他們的**船**拖離了這片海

78

域。也許正是他們通過無線電通知港口的海岸救援隊⋯⋯以免搜救人員搜到這片海域來,擾亂他們的神秘計劃。」

我們通過潛望鏡繼續觀察這三艘快艇。

「他們正在尋找福爾摩鼠的**帆船**⋯⋯幸好我們下潛到海裏!」

瑪麗娜十分疑惑:「他們為何要這樣做呢?」

福爾摩鼠回答:「運用推理演繹法!這些**滑頭鼠**肯定在島上藏了巨大的秘密,現在我們要揭開真相!」

我們透過熒幕,觀察到三艘快艇在海面上一無所獲後,終於駛遠了。濃霧漸漸散去,三輪腳踏車島的輪廓逐漸顯露出來。

快艇正向三輪腳踏車島的方向駛去。

我嚷嚷道:「**他們肯定是要登陸上島**!」

福爾摩鼠點點頭，立刻吩咐我：「沒錯，史提頓，我們要悄悄地尾隨其後！」

於是，我們駕駛着化身為潛水艇的帆船，在水下跟蹤那幾隻**戴上面罩的老鼠**，徑直向島上駛去。

那三艘快艇開到島嶼附近圍成一圈的**浮標**旁，突然停了下來。

我們透過潛望鏡，觀察到三個駕駛員正把一桶液體注入進浮標內。

「他們這是在幹什麼呢？」我十分好奇。

福爾摩鼠提示我：

「基本演繹法，史提頓！

你仔細觀察他們的一舉一動……就會明白。他們正在往浮標內注入某種**液體**。你想知道他們為何這樣做？讓我來提示你，相信你肯定也注意到了，那些浮標『滋滋』地往外噴出氣體。因此我們可以推斷出這些浮標被他們動了手腳，會噴出

81

含有催眠劑的氣體！」

我吃驚得目瞪口呆。

福爾摩鼠的推理如以往一樣**完美精確、出鼠意料**！

他微笑地望着我，這傢伙甚至能知道我在想什麼！

他總結道：「這些傢伙在試圖催眠（儘管以失敗告終）我們後，又在添加新的催眠劑，看來他們正準備下一次行動！」

我們繼續悄悄地潛在水下跟蹤那三名駕駛員。我感覺三輪腳踏車島謎團的**真相**已經離我們越來越近了！

水落石出

　　三艘快艇箭一般地在三輪腳踏車島附近海域上穿梭。

　　我通過**潛望鏡**觀察水面，除了起伏的浪濤和黑色的礁石，我一無所獲。

　　我們的**潛水艇**慢慢駛入了三座小島當中圍成的海域。

　　瑪麗娜突然發出一聲驚叫：「啊啊啊啊啊啊！」

　　福爾摩鼠也驚呼起來：「史提頓，快看前方！」

　　我向潛水艇正前方的水域看去⋯⋯不由得張大了嘴巴！只見在海牀上出現了一艘巨大的古帆船**殘骸**。

我驚叫起來：「那⋯⋯那不正是幾百年前沉沒的大帆船嗎？」

福爾摩鼠滿意地瞥了瞥我：「推理演繹法，史提頓！從船上刻有的英文名字，正是《射手號》大帆船！」

瑪麗娜十分震驚，說：「怎麼可能呢？幾個世紀以來，從未有鼠民在這片海域找到它啊！」

福爾摩鼠分析：「海岸警衛局的潘賽鼠曾提到過，幾個月前那片海域曾颳起風暴。也許就在那次風暴中，被海牀沙礫掩埋的帆船得以重見天日。」

我凝神遠望。只見好幾名潛水員從沉船底部鑽出來，手裏捧着黃澄澄的磚塊⋯⋯那磚塊在水下手電筒的照耀下，閃爍出奪目的光芒。

「以一千塊莫澤雷勒乳酪的名義發誓！那些是⋯⋯咕吱吱⋯⋯金磚啊！」

另外幾位潛水員將沉甸甸的金磚放入精密小

巧的潛水器內，隨後開動潛水器，不斷地在海底和海面間穿梭。

瑪麗娜驚歎道：「這些價值連城的金磚幾個世紀以來一直在海底！那為何我們一直毫無發現？」

福爾摩鼠回答：「對於**偉大的偵探**來說……這個問題真幼稚！此時此刻在我們正前方的這艘沉船，完美地揭示了真相，使得來往船隻離奇失蹤的真正的犯人，絕非水手們口中流傳的海怪，也不是傳說中的海島巨魔，而是些狡猾（並組織作案）的**盜賊**！」

福爾摩鼠看上去胸有成竹，而我卻仍是摸不到頭腦！載滿黃金的古帆船和海面的濃霧，以及這羣**神秘的老鼠**潛水員，到底有何種聯繫呢？

我正想向好友問個明白，瑪麗娜突然伸手指向潛水艇的舷窗，叫起來：「不好啦！我們被發現了……**救命啊啊啊**！」

　　她說得沒錯。只見一羣潛水器包圍了我們的潛水艇，並用刺眼的大燈**照射**我們。

　　我嚇得渾身如篩糠般**發抖！**但我不想在瑪麗娜前丟臉（她看上去比我更勇敢），於是我故作鎮定。

　　我咬緊上下打架的牙齒，提議說：「要不……我們衝出包圍圈**逃走**，你們覺得如何？我們潛水艇的速度很快，對嗎？！」

福爾摩鼠沉靜地回答：「史提頓，我們不會逃走！」

我提醒他：「難道你的意思是……我們要和這羣珍寶盜賊展開搏鬥？」

福爾摩鼠笑起來：「別說傻話！我們要和他們聊聊天！」

我十分**困惑**，應該說**驚訝**，甚至是**震驚**才對！福爾摩鼠什麼時候開始變得如此溫順啦？

與此同時，福爾摩鼠通過船上的無線電設備向那羣盜賊喊話：「**喂，這裏是潛水艇。潛水器上的小老鼠們，是否聽到我的話？**」

潛水器那端傳來冷酷的聲音：「聽得清清楚楚！你們不能在此地停留！我們命令你們立刻跟在我們後面離開此地！」

福爾摩鼠飛快地在一旁的電腦上輸入幾個字，隨後回應那羣盜賊：「沒問題，先生們！我們立刻投降！」

什麼什麼什麼？我們立刻投降？！

親愛的鼠迷朋友們，現在我可徹底糊塗了！

我瞅瞅瑪麗娜，她一言不發。

隨後我們的**潛水艇**上浮島海面，被潛水器們夾在中間，向三輪腳踏車島中的一個島駛去。

我仔細地觀察四周。只見那個小島似乎已經被某個神秘組織改造成了**秘密基地**。

瑪麗娜提醒我們，說：「快看，岸邊停了一艘船！」

福爾摩鼠道：「沒錯，不過那艘船偽裝得很巧妙。如果你從高處或遠處眺望，並不會**注意**到它的存在。因為船身的顏色與周圍環境融為一體。如果漁民從海上眺望，只能看到近處的浪濤，絕不會注意到停泊在島岸邊的這艘船。」

我驚歎起來：「這偽裝術真是聰明！」

我們留意到那艘船的桅杆上設有**三個探照燈**，呈三角形排列。

福爾摩鼠指向那三盞燈，分析道：「那就是馬達鼠深夜探島時拍攝照片裏的『惡魔之眼』！」

　　我們的潛水艇停靠在岸邊。隨後，幾位肌肉發達、裝扮一模一樣船員押着我們走出潛水艇。

　　一把聲音宛如機器人般在島上嗡嗡作響：

「你們即將登上三輪腳踏車島。掘金鼠船長在向你們喊話！」

我向四周張望，那位神秘船長卻並未現身。只有他的聲音經過擴音喇叭不斷迴響：「**你們老實跟在我們的船員後面走，休想耍什麼滑頭！**」

福爾摩鼠倒是毫不緊張。恰恰相反，從我們下艇那一刻起，他就開始觀察周圍環境。

「大家要記住，我們此行目的在於偵破**三輪腳踏車島之謎！**剛才我們已經實地觀測到，盜賊為了掩蓋他們從射手號帆船上**運寶**的行蹤，使用濃霧掩眼法來迷惑附近經過的海員。」

福爾摩鼠指了指礁石間平滑如鏡的水面。

「從古到今，很少有船隻駛入這片海域。有的是出於對古老傳說的恐懼，有的是為了避免經常席捲此地的風暴。只有敢於駛入這裏的海員，才能發現風暴後帆船的**殘骸！**」

福爾摩鼠轉身瞅瞅押送着我們的肌肉鼠，說：

「這些笨蛋使用 加了催眠劑的濃霧，迷暈了駛入此地的所有海員……然後再將受害者的船隻拖往他處。很明顯，他們不想將事情鬧大！也許是他們特意向海岸警衛局打了電話報警！」

就在此時，掘金鼠船長的聲音又響起來了：

「福爾摩鼠先生，你的確是個天才！你猜對了很多細節……但你沒辦法參透全貌！如今已經太遲了！」

掘金鼠船長命令手下：「馬上把他們幾個捆嚴實，隨後關進底層艙室！晚些時候將他們幾個丟入狗魚灣……不過在那之前，你們先將《射手號》上的金子運完！」

咕吱吱，眼看我們就要一命嗚呼了！

功夫大師鼠⋯⋯

我們幾個被捆得像粽子一樣，被關進停在岸邊那艘船的底艙裏，等待着被丟入狗魚灣的悲慘命運。我渾身**抖個不停**！

我望望瑪麗娜，只見她坐在角落裏，表情嚴肅、一言不發。

而福爾摩鼠臉上卻毫無懼色。

等關押我們的**船員**剛離開，我的朋友就開始説話了：「太好了！我正好需要一處安靜的地

方，來思考偵察珍寶盜賊的秘密基地！」

瑪麗娜佩服極了，驚歎說：「福爾摩鼠先生，你做事真冷靜啊！」

我卻聽了很糊塗，問道：「我們現在被困在底艙裏……還怎麼偵察啊？」

福爾摩鼠提示我：「史提頓，運用推理演繹法！現在沒有誰會來打擾我們探案了。你不是剛剛聽到掘金鼠船長的聲音嗎？他命令他的手下馬上將海中的黃金全部運完！」

「福爾摩鼠，我的確聽得清清楚楚。但現在我們被捆得像個粽子，又沒法逃出去，還談何探案啊？」

福爾摩鼠露出一絲狡黠的微笑，說：「史提頓，你真是瞎操心！這些繩索豈能困住我？在我這個功夫大師眼裏，簡直是小菜一碟！」

福爾摩鼠如閃電般行動起來。他的身體宛如一團雲霧，出手凌厲迅速，我只看到那一團繩

索中冒出兩隻……四隻……不對，是六隻手！簡
直讓我眼花繚亂！

在幾秒鐘內，我的偵探朋友就**解開了**捆在
身上的繩索。

「以一千塊莫澤雷勒乳酪的名義發誓！」我
嚷嚷道。福爾摩鼠的身手再一次讓我目瞪口呆。

瑪麗娜讚歎道：「福爾摩鼠先生，你真是曠世奇才！」

他聳聳肩，好像什麼都沒發生過那樣。「瑪麗娜，毫不謙虛地說，任何**武術**在我眼裏，都是小菜一碟！」

隨後，他轉頭吩咐我說：「史提頓，記下來！**作為一名偵探的重要原則：不斷學習任何對自己有用的技能……遲早有一天會用到！**你記下來了嗎？」

我嘟囔道：「我會記下來的，但我的手還被捆着呢！」

「史提頓，你稍安勿躁！別忘記女士優先！」

只見我的朋友解了幾下就幫助瑪麗娜鬆了**綁**，隨後他幫我從繩索中掙脫出來。

他說道：「史提頓，我可不想為**雞毛蒜皮的事情**浪費時間！」

隨後，他輕輕一旋，就打開了門鎖。

咯！ 嗒！

他向我擠擠眼，說道：「看清楚了嗎？」

他的的確確是個**功夫大師**。

我們從船的底艙內逃出來，鑽進彎彎曲曲的走廊。我按照登船時的方向前進，這時福爾摩鼠攔住我。

「史提頓，你聽到了嗎？」福爾摩鼠指指我們身後一扇門。

我側耳聆聽，只見門內傳來微弱的聲音：

「救命命命。」

福爾摩鼠再次施展他開鎖大師的技巧，不費吹灰之力就打開了門。

只見一隻男鼠被捆得嚴嚴實實，躺在房間裏。他難掩激動的心情呼喊道：「你們**終於**來了！我剛才至少呼喊了半個多小時！」

福爾摩鼠回答：「我聽到你的求救了！你一定就是航海世家的**展帆爵士**，沒錯吧！不好意思，我剛才必須先救出我的同伴們。他們的耳朵可不像我這樣靈敏！」

我驚訝地望着這位被關押在牢裏的鼠紳士，好奇地問：「航海世家的展帆爵士？他不是早就出發去 環球旅行 了嗎？」

他嘟囔說：「什麼環球旅行啊！我本來打算在那場風暴後，登島查看情況……但是居然在海牀上發現了幾個世紀以來一直下落不明的 **《射手號》** 大帆船！我本打算回到怪鼠城，召集大家來修補那艘帆船，怎料一名邪惡船長帶着手下綁架了我。」

福爾摩鼠詢問：「你看到那位船長的真面目了嗎？」

他回答：「沒有！但我能從他的**聲音**辨認出他！」

「我們一刻也不能耽擱，必須立刻找到他！」福爾摩鼠果斷地說。

我們跟在怪鼠城的天才大偵探後面，**躡手躡腳**地向甲板走去。

展帆爵士分析說：「那船長肯定就在船長室，船長室設有擴音喇叭，可以將他的聲音傳遍整艘船！」

福爾摩鼠似乎並不認同，不過仍點點頭：

「我們去看看！」

我們在船上各個角落穿梭（每走到一處，我都十分害怕會撞到某個肌肉鼠看守！）當我們進入船長室時，發現裏面**空無一鼠**。那裏落滿了灰塵，似乎已經很久無鼠使用了。

「船長鼠的聲音聽起來近在眼前，他……究竟在哪裏？」

一把刺耳的聲音響起來：「船長不在，我們幾個倒是可以代為歡迎！」

只見**三名肌肉鼠**踏進艙室，一臉獰笑地望着我們……

福爾摩鼠面不改色地舒展身體，對我說：「很好，史提頓！現在該你展示從我這兒學到的**拳腳功夫**了！」

只見他飛速向第一位肌肉鼠衝去，嘴裏振振有詞：「好好學着點，看我的劈山掌！」

隨後他**閃電**般一拳擊倒肌肉鼠，這一拳勢大力沉，揍得對方飛出幾米遠，砸在一大堆箱子上。

就在此時，第二個肌肉鼠從後面用胳膊牢牢抱住福爾摩鼠。

「別想逃！」他威脅道。

福爾摩鼠鎮靜地回答：「對付你這種貨色，看我的**鰻魚滑步**……

(說完他居然像條滑溜溜的魚一樣，從對手臂膀下面鑽走了，咕吱吱！)

「……再配上一招**猴扇風！**」我的朋友補充說。此時，他已經溜到了肌肉鼠身後，飛出一掌將他扇得撲倒在地。

第三個肌肉鼠向我這邊襲來。

福爾摩鼠朝我嚷嚷：「你來對付他，史提頓！」

我鼓起勇氣朝那只肌肉鼠沖去，擺出功夫鼠的樣子大吼道：**「咿一哈！」**

但我腳下一滑，身體重心不穩倒下去……正好一頭把對手撞個滿懷！

砰砰砰！

以一千塊莫澤雷勒乳酪的名義發誓，我居然歪打正着了！

「做得好，史提頓！」福爾摩鼠為我喝彩。

「你剛才的**鐵頭功**還可以更狠點，不過也不賴！」

於是，我們躡手躡腳地走出船長室，但很快……我們被更多的肌肉鼠包圍了！

四個對四十

　　瑪麗娜和展帆博士面露懼色。

　　福爾摩鼠如往常一樣鎮定自若，指揮說：「大家聽好了，局勢尚未失控，不要怕！」

　　我緊盯着向我們步步緊逼的肌肉鼠們，試圖分辨出哪個才是**船長**，實在難以分辨。

　　就在此時，一名全身灰衣的肌肉鼠嚷嚷：「你們休想逃！」

　　另一個肌肉鼠大叫：「你們還想溜到島上嗎？」

第三個下結論說：「**旅程**到此為止了！」

福爾摩鼠不慌不忙地回應：「你們的威脅對我毫無用處。」

第一個肌肉鼠恐嚇我們說：「我們有四十個，你們只有四個⋯⋯難道你們有勝算嗎？」

福爾摩鼠反駁說：「你**豎起耳朵**聽聽，就不會如此狂妄了！」

我豎耳聆聽，遠處傳來細微的「**伏伏伏！**」

很快，那聲音越來越響「**噠噠噠！**」

直到震得我們耳朵發麻「**噠噠噠噠！**」

幾分鐘後，四架直升機和三架水上飛機在沙灘上着陸了，機身印有**怪鼠城警局**標誌。

我歡呼起來：「是特拉法警長⋯⋯和索菲婭警員！他們到底是如何找到我們的呢？」

福爾摩鼠告訴我：「**運用基本演繹法啊，史提頓！是我通知了他們！**我還提醒他們提防水面上的濃霧！」

　　我驚訝地問：「居然是你？你什麼時候通知他們，我怎麼不知道？」

　　「正是我通知的，當我們還在潛水艇裏的時候！當我們被對手的潛水器包圍時，我通過電腦發送了S.O.S求救訊號！」

　　這時候我才猛然回想起來：在福爾摩鼠向對手投降前，他飛快地在一旁的電腦上輸入幾個字。

「史提頓，你當時肯定沒想到我會這麼快就向對手投降吧？想讓我案子都沒破就投降，那對我來說，**不—可—能！**」

我震驚得目瞪口呆。

大偵探補充說：「我不僅通知了特拉法警長，還將如何抵達珍寶盜賊巢穴的資訊也發了過去。所以他們才能如此迅速地趕來救援！」

福爾摩鼠說得沒錯，現在那些珠寶盜賊只能束手就擒了！

直升機和水上飛機分別從沙灘和海面上進行圍捕。

珠寶盜賊們一個個都繳械投降了。而《射手號》大帆船上的黃金也全部移交到警署。

特拉法警長發言說：「現在這些**財富**歸整座怪鼠城鼠民所有。」

福爾摩鼠建議說：「我的老朋友，我提議將一小部分黃金（雖然數量不多，可含義重大）獎

給最先發現那艘船的鼠民！」

我嘟囔説：「什麼？難道……你想把黃金賞給那個壞心眼的船長？」

「我可沒那麼説，史提頓！事實上，第一個在海牀上發現《射手號》大帆船的是展帆爵士！」

慷慨的展帆爵士擺擺手，説：「我同意**特拉法警長**的提議，黃金屬於整個城市的鼠民！」

瑪麗娜在一旁插嘴説：「對了，那個壞心眼的船長如今在何處？該不會 逃走 了吧？」

福爾摩鼠安慰她説：「別擔心，瑪麗娜！我有一計可以揭開他的真面目……犯罪組織的頭目隱藏得很深，但……

休想騙過我

福爾摩鼠！」

結案

「犯罪組織的頭目
並不在三輪腳踏車島上，
而是隱藏在我們之中！」

夏洛特·福爾摩鼠

船長的真面目

　　福爾摩鼠、瑪麗娜、展帆爵士和我乘坐福爾摩鼠變回原形的帆船，回到了怪鼠城港口。

　　我們下船時，福爾摩鼠轉頭吩咐特拉法警長：「犯罪組織的頭目仍然逍遙法外……馬上召集所有見證此案的鼠民前往海岸警衛局集合！」

　　警長點點頭：「好，福爾摩鼠先生！」

　　很快，警衛局的房間裏就擠滿了相關人士，

海岸警衛局局長潘賽鼠、警衛局無線電中心的經理羅傑鼠、瑪麗娜的父親莫里森先生、曾經歷離奇案件的馬達鼠和《克羅埃西亞號》船上的三名船員。

潘賽鼠率先發言：「福爾摩鼠先生，謝謝你破解了珍寶盜賊案！很可惜，犯罪組織的**神秘船長**仍然不知蹤影！」

福爾摩鼠反駁說：「並非不知蹤影，潘賽鼠局長。犯罪組織的**頭目**並不在三輪腳踏車島上，而是隱藏在我們之中！」

在場的所有鼠都驚得雙目圓睜，空氣中充滿了懷疑的氣息。

福爾摩鼠用銳利的目光審視着在場的所有鼠：「各位，我必須告訴你們……珍寶盜賊在海岸警衛局有**內鬼**……讓每次三輪腳踏車島附近的船隻失蹤總能大事化小、不動聲息了。」

我緊緊握住拳頭，心裏已經預感到誰才是真正的犯人。

親愛的讀者朋友們，
你們認為到底誰是犯罪頭目呢？

潘賽鼠局長

莫里森先生

馬達鼠

羅傑鼠

《克羅埃西亞號》的船員

展帆爵士

涉案疑犯

　　我嚷嚷說：「真正的犯人顯而易見！潘賽鼠從未派遣隊員去搜查三輪腳踏車島！」

　　所有老鼠的目光都聚焦在潘賽鼠身上。

112

他激動地辯解：「我……我也想徹底搜查，但每次隊員剛要搜查，某隻鼠就會向我們通報 **失蹤** 的資訊，而失蹤者的方位都離三輪腳踏車島很遠！」

大家都困惑地望着他。

福爾摩鼠點點頭：「沒錯……史提頓的證據並不充分，不能證明幕後黑手就是他！」

隨後，他轉頭詢問展帆爵士：「你在海牀上發現沉沒的古帆船後，將這消息告訴了誰？」

展帆爵士回答：「我當時立刻通過 **無線電** 向海岸警衛局匯報了這個重大發現。」

福爾摩鼠説：「這真是耐鼠尋味……如今整個鏈條上缺失的一環補上了，我們很容易推論出誰是真正的 **幕後黑手** ！」

在場所有鼠面面相覷，福爾摩鼠進一步解説：「展帆爵士曾將發現古帆船的消息匯報給當局。當他返回怪鼠城時，一些不速之客突然綁架了他。那些壞蛋是如何得知沉船寶藏的消息呢？」

113

「對呀，那些壞蛋是如何獲知沉船寶藏的消息呢？」我附和說。

「說明那位收到爵士無線電通知的職員，將消息洩露給了那些壞蛋，以阻止爵士公布這個發現！而整個警衛局第一個收到無線電消息的，除了**羅傑鼠**還會有誰呢？」

潘賽鼠懷疑地問：「你是說羅傑鼠正是犯罪組織的頭目？」

羅傑鼠細細的聲音響起了：「這是**無稽之談**……根本沒有證據！」

特拉法警長插嘴說：「但是，任何一位在**無線電中心**工作的老鼠，都可能收到了展帆爵士的資訊！」

福爾摩鼠肯定地說：「你們馬上隨我來，現在就為你們展示他的罪證！」

我們一起來到無線電播報室。福爾摩鼠滿意地叫道：「這就是證據！破案的 **第六條線索**

114

就在你們眼皮底下！」

我困惑地說：「我只看到一堆儀器工具和一位日理萬機的職員。」

福爾摩鼠搖搖頭：「大錯特錯，史提頓！**作為偵探的重要原則：要以正確的方式進行觀察，否則你將一無所獲！**

在那堆儀器擺件裏，有樣物品很有趣！」

你們也能在圖中找出這個物件嗎？

福爾摩鼠靠近羅傑鼠曾展示過的古老航海物件中，拿起一個古老的**望遠鏡**，笑嘻嘻地指給我們。「湊近觀察這件物品，保證會帶給你們驚喜……」

他指着望遠鏡上的一處文字，大聲宣布：「這就是本案的關鍵證據，遠在天邊，近在眼前！」

他用手指向望遠鏡側身雕刻的一個大大的英文字母S。

以一千塊莫澤雷勒乳酪的名義發誓，在古帆船《射手號》上，我也曾見過一模一樣的英文字母S！

「S正是沉沒的古帆船《射手號》Sagittarius的
首字母……」

「史提頓，你的觀察力見長啊……很顯然，
這件**古董**正來自沉沒的古帆船……你們瞧瞧，
這望遠鏡已被海水嚴重腐蝕！看來在搬運金條
前，**犯罪頭目**忍不住將這件航海古董據為己
有，拿回辦公室收藏起來！」

羅傑鼠依舊用細細的聲音反駁道：「並非如
此！這件望遠鏡是我在舊貨市場上買到的。」

瑪麗娜十分困惑：「福爾摩鼠先生，我對你
的推論有些疑問，羅傑鼠的**聲音**柔和尖細，和
我們在島上聽到的犯罪頭目聲音完全不同！」

福爾摩鼠微微一笑：「問得好，瑪麗娜！」
隨後他走向羅傑鼠常用的無線電設備。他凝神觀
察片刻，宣布說：「我們可不要忘記，那位犯罪
頭目通過無線電和他島上的**爪牙們**溝通……我
猜他正是用這台設備傳話，並通過島上的擴音器

將聲音放大……」

　　福爾摩鼠擰了擰無線電旋鈕，向我們擠擠眼睛：「你們聽好了！」

　　他開始對着儀器的麥克風講話，很快那聲音通過一處喇叭放出來，在房間裏**迴響**：

　　「喂喂喂，我是福爾摩鼠！」

　　隨後，他拉下麥克風旁邊的裝置開關。然後轉頭問我們：「現在呢……**你們還能辨認出我的聲音嗎？**」

　　我聽到一把*陌生*的聲音在房間裏迴響。這真讓我驚訝！

展帆爵士忍不住笑起來：「哈哈哈！你的聲音像極了島上那位**神秘船長**的聲音！」

福爾摩鼠解釋説：「羅傑鼠改動了無線電設備，增加了可以調校音色的裝置開關。這樣一來，其他鼠就無法將他的聲音和那位幕後船長聯繫起來了……現在你們明白了吧？**真相已水落石出**！」

特拉法警長和先鋒鼠警探立刻將羅傑鼠逮捕歸案。潘賽鼠和其他鼠紛紛走上前，向偵破奇案的福爾摩鼠道賀。

只有瑪麗娜還掛念着我：「謝利連摩，謝謝你的幫忙！我的父親和我希望有機會邀請你，乘坐我們的帆船一起出海**巡遊**！」

*什麼什麼？*一想到還要再出海，我的胃裏就已經翻江倒海！

我嘟囔着回答：「很遺憾，瑪麗娜……明天我即將返回妙鼠城！我很樂意接受你的邀請……*下次再説吧！*」

離奇大街的一壺好茶

我們返回福爾摩鼠位於離奇大街13號的大宅。

我們一路在帆船、潛水艇、盜賊的船上顛簸流離，現在總算可以踏上**靜止的**陸地，在温暖舒服的扶手椅上休息片刻了！

可是……我總感覺腳下的地板宛如波浪般不斷地搖晃，咕吱吱！

福爾摩鼠望着我哈哈大笑。

「別害怕，史提頓！這很正常...最開始你是

暈船，現在輪到你**暈陸地**了！」

我的胃開始翻江倒海，我的臉色開始變得

慘綠。

管家皮莉鼠迅速發現了我的異
常：「親愛的史提頓，你的臉色
好難看！是不是腸胃不舒服？
讓我為你煮上一壺好茶，再*加*
點龍膽、生薑和薄荷。

幾分鐘以後，皮莉鼠小姐精心
沖泡的熱茶就遞到我的嘴邊。我不僅仰
起脖子一飲而盡，頓時感覺好多了。

福爾摩鼠抱怨道：「史提頓，你可真是弱
不禁風！**作為一名偵探的重要原則：不僅
需要強健心智，也需要強健體魄！有了
好身體，才能克服探案中的各種艱難險
阻！**」

我回答：「說得不錯，福爾摩鼠！我這就記下來！需要……強健體魄！」

　　「不用急！現在你就盡情享用好茶，休息一會兒吧！」

　　福爾摩鼠轉頭對管家說：「對了，皮莉鼠小姐，我還要感謝你為我們探案提供了好建議。你還記得曾說過的話嗎？

　　若想解決疑難案件，需要沉得更深！以我

福爾摩鼠的名義，沒有什麼建議比這條更中肯啦！」

我點點頭：「的確如此！我們這次乘坐潛水艇，潛入 **海底深處**！不過皮莉鼠小姐，你是如何預知到所發生的一切呢？」

但管家沒有答話，她已經推着茶點車回廚房忙碌去了。

福爾摩鼠和善地端詳着我：「親愛的史提頓，我衷心希望你除了 **暈船** 以外，不會再有畏高症吧？」

我驚訝地回答：「我……事實上……對了，你為什麼想知道我是否畏高呢？」

「運用推理演繹法，史提頓！我剛才這麼問，是因為下一次你來怪鼠城時，我很希望邀請你乘坐我的 **探空氣球**……探索高空！」

咕吱吱，只要一想到我要乘坐那晃晃悠悠的飛行器飛入高空，我的胃就又開始翻江倒海啦。

123

福爾摩鼠看我這副狼狽相，立刻改變話題。

他拿起《射手號》的望遠鏡，滿意地說：

「這件航海古董很適合作為我的收藏。我很樂意把它收進我的紀念品室！不過我喜歡它的原因很特別……史提頓，你能猜到嗎？」

我呆呆地站着，沉默不語。

「哈哈哈，讓我來提醒你吧。望遠鏡上的英文字母S，正是我大偵探夏洛特·福爾摩鼠的姓氏首字母！」

幾小時以後，我坐在返回妙鼠城的火車上，心中不斷回味着這次旅程……我終於不用乘坐帆船或者潛水艇，在波濤洶湧的海上來回顛簸了！

　　在火車上我陷入無盡的遐想，夢想自己和大偵探福爾摩鼠並肩戰鬥，開啟下一次瑰麗又**神秘**的冒險。親愛的鼠迷朋友們，和以往一樣，我將把自己在探案過程中所經歷的一切付諸於筆下的文字，讓你們和我一起在故事中遨遊。以我史提頓的名義發誓！

謝利連摩・史提頓

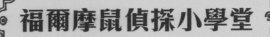

福爾摩鼠偵探小學堂

作為一名偵探的重要原則：
懂得識別風向！

史提頓，記下來！你要想適應海上生活可不簡單！除了必須克服暈船浪以外，你在航海旅行時要盡可能擴大自己的知識面，學會如何**識別風向**。懂得辨識風向對於航海家極為重要。至少你不用擔心在碼頭看報時會被飛起的報紙糊在臉上了！

你要好好觀察**羅盤上的刻度**，上面依風向分割羅盤。

你還可以用 **指南針** 來更好地了解方位。平

時我們可以通過**觀察旗幟**在空中飄動的方向判斷風向！只要你學會使用我提到的這些工具，你就很容易能推斷出風往哪個方向吹……以及是哪種風！

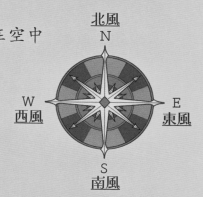

北風
N

W 西風

E 東風

S 南風

各位鼠迷，你來試試看！

請你仔細觀察謝利連摩手中的指南針、
樓上的旗幟以及羅盤刻度盤。
你能知道今天颳什麼風？風往哪個方向吹嗎？

翻轉閱讀！

答案：謝利連摩的方向指向北方（通過指南針可以準確定方位），因此颳的是南風。

神探福爾摩鼠

① 公爵千金失蹤案

② 藝術珍寶毀壞案

③ 黑霧迷離失竊案

④ 劇院幽靈疑案

⑤ 古堡銀面具謎案

⑥ 古董名車失竊案